A Treasury of
Curious George

Colección de oro
Jorge el curioso

A Treasury of
Curious George

Colección de oro
Jorge el curioso

Margret *and* H. A. Rey

Illustrated in the style of H. A. Rey by Vipah Interactive and Martha Weston
Ilustrado en el estilo de H. A. Rey por Vipah Interactive y Martha Weston
Translated by Carlos E. Calvo Traducido por Carlos E. Calvo

HOUGHTON MIFFLIN HARCOURT
Boston   New York

www.hmhco.com

Curious George Takes a Train © 2002 by Houghton Mifflin Harcourt Publishing Company
Curious George Visits a Toy Store © 2002 by Houghton Mifflin Harcourt Publishing Company
Curious George and the Dump Truck © 1999 by Houghton Mifflin Harcourt Publishing Company
Curious George and the Birthday Surprise © 2003 Houghton Mifflin Harcourt Publishing Company
Curious George Goes Camping © 1999 Houghton Mifflin Harcourt Publishing Company
Curious George Goes to a Costume Party © 2001 by Houghton Mifflin Harcourt Publishing Company
Curious George Visits the Library © 2003 by Houghton Mifflin Harcourt Publishing Company
Curious George in the Big City © 2001 by Houghton Mifflin Harcourt Publishing Company

Based on the character of Curious George ®, created by Margret and H. A. Rey.
Curious George® is a registered trademark of Houghton Mifflin Harcourt Publishing Company.

Curious George and the Dump Truck and *Curious George Goes Camping* illustrated by Vipah Interactive, Wellesley, Massachusetts: C. Becker, D. Fakkel, M. Jensen, S. SanGiacomo, C. Witte, C. Yu. Remaining selections illustrated by Martha Weston.

ISBN 978-0-547-52310-1

Manufactured in China
SCP 10 9 8 7 6 5
4500617257

A Treasury of
Curious George

Colección de oro
Jorge el curioso

Contents
Índice

Curious George
Takes a Train

Jorge el curioso
toma el tren

Illustrated in the style of H. A. Rey by Martha Weston
Ilustrado en el estilo de H. A. Rey por Martha Weston

This is George.

He was a good little monkey and always very curious.

This morning George and the man with the yellow hat were at the train station.

Este es Jorge.

Era un monito bueno y siempre muy curioso.

Esta mañana, Jorge y el señor del sombrero amarillo estaban en la estación del tren.

They were taking a trip to the country with their friend Mrs. Needleman. But first they had to get tickets.

Iban a hacer un viaje al campo con su amiga, la señora Needleman. Pero primero tenían que comprar los boletos.

4

Inside the station everyone was in a hurry. People rushed to buy newspapers to read and treats to eat. Then they rushed to catch their trains.

En la estación, todo el mundo estaba apurado. La gente corría a comprar periódicos para leer y golosinas para comer. Después se apresuraban a tomar el tren.

MIDDLETON	8	:	0	2				SVILLE	8	:	4	0	A	12
OLD TOWN	8	:	4	5		H		TOP	9	:	2	5	A	11
TOWNSVILLE	9	:	1	0		C		TOWN	9	:	5	5	A	18

But one little boy with a brand-new toy engine was not in a hurry. Nor was the small crowd next to him. They were just standing in one spot looking up. George looked up, too.

Pero un niñito que tenía una locomotora de juguete nueva no estaba apurado, ni tampoco el pequeño grupo de gente. Simplemente estaban parados en un lugar, mirando hacia arriba. Jorge también miró hacia arriba.

NEW CITY	6:30 AM 8	OVERDALE	6:15 AM 2
HILLTOP	7:00 AM	LBURG	7:25 0 7
OVERDALE	7:15 AM	CITY	7:50 M 6
SMALLBURG	7:45 AM	G C	8:08 M 3
BIG CITY	8:00 AM	TON	8:15 M 5
MIDDLETON	8:02 AM	WNSVILLE	8:40 M 2
OLD TOWN	8:45 AM	ILLTOP	9:25 1
TOWNSVILLE	9:10 AM	OLD TOWN	9:55 M 8

A trainmaster was moving numbers and letters on a big sign.
Soon the trainmaster was called away. But his job did not look finished. George was curious.
Could he help?

Un empleado ferroviario movía números y letras en el tablero de horarios.
De pronto, llamaron al empleado ferroviario. Pero su trabajo parecía no estar terminado.
Jorge sintió curiosidad. ¿Podría ayudar?

George climbed up in a flash.

¡Jorge trepó rápidamente!

Then, just like the trainmaster, he picked a letter off the sign and put it in a different place.

Después, igual que el empleado ferroviario, sacó una letra del tablero y la puso en un lugar diferente.

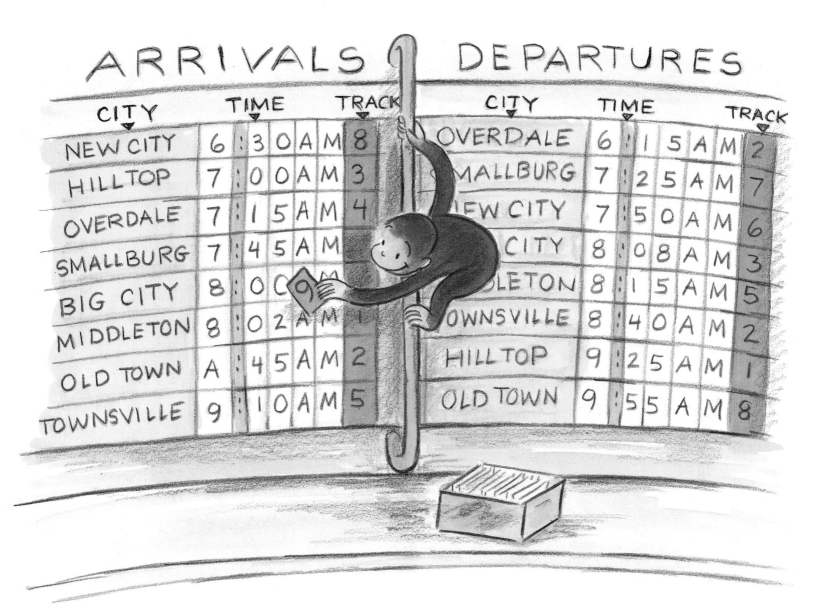

ARRIVALS				DEPARTURES			
CITY	TIME		TRACK	CITY	TIME		TRACK
NEW CITY	6:30 AM		8	OVERDALE	6:15 AM		2
HILLTOP	7:00 AM		3	SMALLBURG	7:25 AM		7
OVERDALE	7:15 AM		4	NEW CITY	7:50 AM		6
SMALLBURG	7:45 AM			CITY	8:08 AM		3
BIG CITY	8:0C			DLETON	8:15 AM		5
MIDDLETON	8:02 AM		1	OWNSVILLE	8:40 AM		2
OLD TOWN	A:45 AM		2	HILLTOP	9:25 AM		1
TOWNSVILLE	9:10 AM		5	OLD TOWN	9:55 AM		8

Next he took the number 9 and put it near a 2.
George moved more letters and more numbers. He was glad to be such a big help.

Luego agarró el número 9 y lo puso cerca del 2.
Jorge movió más letras y más números. Se alegraba de ser una gran ayuda.

"Hey," yelled a man from below. "I can't tell when my train leaves!"

"What track is my train on?" asked another man.

"What's that monkey doing up there?" demanded a woman. She did not sound happy.

—¡Oye! —gritó un hombre desde abajo—. ¡No sé cuándo sale mi tren!

—¿De qué andén sale mi tren? —preguntó otro señor.

—¿Qué hace ese mono ahí arriba? —reclamó una mujer que no parecía muy contenta.

NEW CITY	6:30	AM
HILLTOP	7:80	AM
OVERDALE	5:51	AM
SMALLBURG	:5	A7
BIG CITY	0:05	A
MIDDLETON	8:92	AM
OLD TOWN	A:45	MM
TOWNSVILLE	5:1	AM

OVERDALE 6:0 AM 2
SMALLBURG 7: 50 M
EWCITY 7: 8 A
B 8 6 3
D A M5 1
TC SVILLE A8 M 2
LLTOP 9 25 AW 1
OLD TOWN 5A9 8

The trainmaster did not sound happy either: "Come down from there right now!" he hollered at George.

El empleado ferroviario tampoco parecía contento.

—¡Bájate de ahí ahora mismo! —le gritó a Jorge.

Poor George. It's too easy for a monkey to get into trouble. But, lucky for George, it's also easy for a monkey to get out of trouble.

¡Pobre Jorge! Es muy fácil para un mono meterse en problemas. Pero, por suerte para Jorge, también es fácil para un mono librarse de problemas.

Right then the conductor shouted, "All aboard!"

A crowd of people rushed toward the train. George simply slid down a pole,

En ese momento, el guardia gritó:

—¡Todos a bordo!

Una multitud corrió hacia el tren. Jorge simplemente se deslizó por un poste,

scurried over a suitcase, and squeezed with the crowd through the gate. There he found the perfect hiding place for a monkey.

corrió velozmente sobre una maleta y se escurrió entre la gente para pasar por la puerta. Allí encontró el escondite perfecto para un mono.

The little boy with the toy engine also ran through the gate.

"Look, Daddy," he said, "a train!"

His father looked up. "Come back, son," he yelled. "That's not our train!"

El niñito que tenía la locomotora de juguete también pasó corriendo por la puerta.

—Mira, papi —dijo—, ¡un tren!

Su padre miró hacia arriba.

—¡Ven acá, hijo! —le gritó—. ¡Ése no es nuestro tren!

But it was too late. The gate locked
behind him.
The boy began to cry.

Pero era demasiado tarde. La puerta
se cerró.
El niño empezó a llorar.

George peeked out of his
hiding place.

Jorge espiaba desde
su escondite.

16

He saw the boy's toy roll toward
the tracks.
The boy ran after it.

Vio que el juguete del niño rodaba
hacia las vías.
El niño corrió detrás.

This time George knew he could help. He leaped out of his hiding place and ran fast. George grabbed the toy engine before the little boy came too close to the tracks.

What a close call!

Esta vez Jorge sabía que podía ayudar. Saltó de su escondite y salió corriendo a toda velocidad. Jorge sujetó la locomotora antes de que el niño se acercara demasiado a las vías.

¡Justo a tiempo!

When the trainmaster opened the gate,
the boy's father ran to his son.
The boy was not crying now.
He was playing with his new friend.

Cuando el empleado ferroviario abrió la puerta,
el padre del niño corrió hacia su hijo.
El niño ya no lloraba.
Estaba jugando con su nuevo amigo.

"So, there you are," said the trainmaster when he saw George. "You sure made a lot of trouble on the big board!"

"Please don't be upset with him," said the boy's father. "He saved my son."

The people on the platform agreed. They had seen what had happened, and they clapped and cheered. George was a hero!

—¡Así que ahí estás! —dijo el empleado ferroviario cuando vio a Jorge— . ¡Sin duda armaste un gran lío con el tablero!

—Por favor, no se enoje —dijo el padre del niño—. Él salvó a mi hijo.

La gente que estaba en el andén estaba de acuerdo. Habían visto lo que pasó, y aplaudían y celebraban. ¡Jorge era un héroe!

Just then the man with the yellow hat arrived with Mrs. Needleman. "It's time to go, George," he said. "Here comes our train."

En ese momento llegaba el señor del sombrero amarillo con la señora Needleman.
—Jorge, es hora de irse —dijo—. Ahí llega nuestro tren.

"This is our train, too," the father said. The little boy was excited. "Can George ride with us?" he asked.

That sounded like a good idea to everyone. So the trainmaster asked the conductor to find them a special seat.

—Este también es nuestro tren —dijo el padre.
El niño se entusiasmó.
—¿Puede Jorge venir con nosotros? —preguntó.

A todos les pareció una buena idea. Entonces el empleado ferroviario le pidió al guardia que les encontrara un asiento especial.

And he did.
Right up front.

Y así lo hizo.
¡Exactamente al
frente!

The end.
Fin.

24

Curious George Visits a Toy Store

Jorge el curioso va a la juguetería

Illustrated in the style of H. A. Rey by Martha Weston

Ilustrado en el estilo de H. A. Rey por Martha Weston

This is George.

He was a good little monkey and always very curious.

Today was the opening of a brand-new toy store. George and the man with the yellow hat did not want to be late.

Este es Jorge.

Era un monito bueno y siempre muy curioso.

Hoy fue la inauguración de una juguetería. Jorge y el señor del sombrero amarillo no querían llegar tarde.

When they arrived, the line to go inside wound all the way around the corner.
When a line is this long, it's not easy for a little monkey to be patient.

Cuando llegaron, la fila para entrar daba vuelta a la esquina. Cuando hay una fila así
de larga, no es fácil que un monito tenga paciencia.

George sneaked through the crowd. All he wanted was a peek inside.

Jorge pasó sin ser visto entre la gente. Lo único que quería era dar un vistazo dentro.

George got to the door just as the owner opened it.
"This is no place for a monkey," she said.

Justo cuando la dueña abrió, Jorge llegó a la puerta.
—Este no es lugar para un mono —dijo.

But George was so excited he was already inside! Balls, dolls, bicycles, and games filled the shelves.

¡Pero Jorge estaba tan entusiasmado que se escabulló y entró! Los estantes estaban llenos de pelotas, muñecos, bicicletas y juegos.

31

There were so many toys—
George didn't even know how some
of them worked.

Había tantos juguetes.
Jorge ni siquiera sabía cómo usar algunos de ellos.

32

And how about these hoops? What did they do?

George was curious. He climbed up to pull one out of the pile.

It would not move.

George pulled harder.

Still it wouldn't move.

George pulled with all fours.

¿Y estos aros? ¿Para qué sirven?

Jorge sintió curiosidad. Trepó para sacar uno de la pila.

No se movió.

Jorge jaló más fuerte.

Pero tampoco se movió.

Jorge jaló con manos y patas.

Suddenly there was a terrible
crash.

Red, blue, green, and yellow hoops
bounced up and down and everywhere.

"Look!" exclaimed a boy, bouncing up
and down himself.

"Why, I haven't seen one of these in
years!" said the boy's grandmother.

De repente hubo un tremendo estruendo.

Aros rojos, azules, verdes y amarillos rebotaron por
todos lados.

—¡Miren! —exclamó un niño, también saltando.

—¡Huy! Hacía años que no veía uno de éstos —dijo la
abuela del niño.

She put the hoop around her waist and gave it a spin.
George tried the hula hoop, too!

Ella se puso un aro alrededor de la cintura y lo hizo girar.
¡Jorge también trató de jugar al hula-hula!

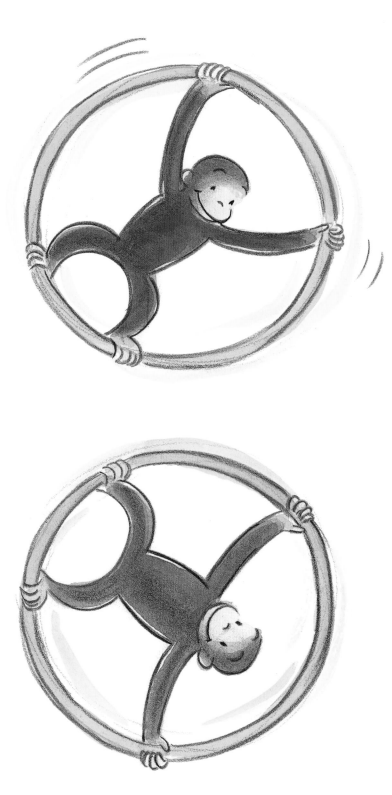

Then George pretended to be a wheel.

Después, Jorge simuló ser una rueda.

He rolled and rolled and . . .

Rodó y rodó y...

Oops! He rolled right into the owner.
The owner shook her head. "I knew you were trouble," she said.
"Now you've made a mess of my new store."

¡Oh! Rodó contra la dueña.
La dueña sacudió la cabeza.
—Sabía que causarías problemas —dijo—. Has vuelto un desastre mi
tienda nueva.

38

Again she tried to stop George.

De nuevo intentó detener a Jorge.

And again George was too quick.

Y una vez más, Jorge fue muy veloz.

In only a second he was around the corner and on the highest shelf.

En un segundo estaba a la vuelta y en el estante más alto.

Below him, George saw a little girl point to a toy out of reach. "Mommy, can we get that dinosaur?" she asked.

Jorge vio que abajo había una niñita que señalaba un juguete que estaba fuera de su alcance.
—Mami, ¿me compras ese dinosaurio? —preguntó.

George picked up the dinosaur and lowered it to the girl.

She was delighted. So was the small boy next to her. "Could you get that ball for me, please?" he asked George.

George reached up, grabbed the ball, and bounced it to the boy.

Jorge agarró el dinosaurio y se lo bajó a la niña.

Ella se puso muy contenta y el niñito que estaba a su lado también.

—¿Me puedes dar esa pelota, por favor? —le pidió a Jorge.

Jorge se estiró, agarró la pelota y se la botó al niño.

"May I have that puppet way over there?"
asked another girl.

—¿Me puedes dar ese títere que está allá?
—le preguntó otra niña.

How lucky that George was a monkey!
He swung off the shelf, hung on to a
light, picked up the puppet, and put it
right into her hands.

¡Qué suerte que Jorge era un mono!
Agarrándose de una luz, Jorge salió del
estante, balanceándose. Agarró el títere
y se lo entregó a la niña en sus propias
manos.

"What a show!" shouted a boy. The children held up their new toys and cheered. What a commotion!

—¡Qué espectáculo! —gritó un niño. Los niños mostraban sus juguetes nuevos y festejaban. ¡Qué conmoción!

Immediately the owner came running, and then came the man with the yellow hat.

"I think we've had enough monkey business for one day," the owner frowned.

Inmediatamente llegó la dueña, corriendo, y luego llegó el señor del sombrero amarillo.

—Creo que por hoy hemos tenido suficientes monerías —dijo enojada la dueña.

45

Just then a girl got in the long line to pay.
"What a great store," she said.
"What a great idea to have a little
monkey helping you," her father told
the owner.

En ese momento, una niña se puso en la fila para pagar.
—Es una tienda genial —dijo.
—¡Qué buena idea tener a un monito que ayude! —le dijo el papá de la niña a la dueña.

46

"I guess you're right," the owner replied, and smiled.
Then she gave George a special surprise.

"Thank you, George," she said. "My grand opening is a success because of you. Perhaps monkey business is the best business after all."

—Creo que tiene razón —le contestó la dueña, sonriendo.

Entonces le dio una sorpresa especial a Jorge.

—Gracias, Jorge —le dijo—. Esta inauguración es un éxito gracias a ti. Quizás las monerías sean un buen negocio a pesar de todo.

The end.

Fin.

Curious George
and the Dump Truck

Jorge el curioso
y el volquete

Illustrated in the style of H. A. Rey by Vipah Interactive
Ilustrado en el estilo de H. A. Rey por Vipah Interactive

This is George.
He lived with his friend the man with the yellow hat.
He was a good little monkey and always very curious.
This morning George was playing with his toys when he heard
a funny noise outside his window.

Este es Jorge.
Vivía con su amigo, el señor del sombrero amarillo.
Es un monito bueno y siempre muy curioso.
Esta mañana, Jorge estaba jugando con sus juguetes cuando oyó
un ruido extraño por la ventana.

It sounded like a QUACK.
George was curious. What
could be quacking underneath his
window?

Sonaba como CUA.
Jorge sintió curiosidad. ¿Qué podría estar
haciendo CUA debajo de su ventana?

It was a duck, of course!
Then George heard another QUACK—and another.

¡Claro! ¡Era un pato!
Luego, Jorge oyó otro CUA, y otro más.

Why, it was not just one duck—it was a mother duck and five small ducklings.

Ducklings were something new to George. How funny they were!

He watched the ducklings waddle after their mother. Where were they going?

George was not curious for long . . .

Caramba, no era un solo pato. Eran la mamá pata y cinco patitos.

Para Jorge, los patitos eran algo nuevo. ¡Eran muy divertidos!

Observó a los patitos que caminaban balanceándose siguiendo a su mamá. ¿Adónde iban?

Jorge no sintió curiosidad por mucho tiempo...

Soon he was waddling after Mother Duck, too!

¡Inmediatamente él también caminaba balanceándose
siguiendo a la mamá!

Now he could see where they
were going.

Ahora podía ver adónde iban.

55

The ducks waddled all the way to the park. George loved the park. Today he saw children flying kites and gardeners planting trees by the pond. Then George saw something he had never seen in the park before.

Los patos caminaron balancéandose hasta el parque. A Jorge le encantaba el parque. Hoy vio a unos niños que remontaban sus cometas y a unos jardineros que plantaban árboles cerca del estanque. Luego, Jorge vio algo que jamás había visto en el parque.

It was a dump truck. And it was *big*—in fact, George was not even as tall as one wheel!

George forgot all about the ducklings and stopped to look.

Era un volquete. Y era *grande*. De hecho, ¡Jorge ni siquiera era tan alto como las ruedas!

Jorge se olvidó de los patitos y se paró a observar.

It would be fun to sit in such a big truck, thought George.

No one was inside the truck. And the window was wide open. George could not resist.

Sería divertido sentarse en un camión tan grande, pensó Jorge.

En el camión no había nadie. Y la ventanilla estaba completamente abierta. Jorge no pudo resistir.

But sitting in a big truck was not so fun for a little monkey after all.
George could not even see out the window.

Pero en realidad, para un mono pequeño no eran tan divertido sentarse en un camión tan grande.
Jorge ni siquiera podía mirar por el vidrio.

He was too small.
If only there were something to climb on.
Would this make a good step for a monkey?

Era demasiado pequeño.
Si tuviera algo donde subirse...
¿Sería esto un buen punto de apoyo para un mono?

It did! Now George could see out the window. He saw grass and trees and a family eating a picnic. Suddenly George heard a low rumbling sound. Was it his stomach rumbling? he wondered. (It had been a long time since breakfast.)

But the rumbling was not coming from George's stomach . . .

¡Sí! Ahora Jorge podía mirar por el vidrio. Vio hierba, árboles y una familia comiendo en un picnic. De repente, Jorge oyó un ruido sordo que retumbaba. Se preguntó si sería su estómago. No había comido nada desde el desayuno.

Pero el ruido no venía del estómago de Jorge...

It was coming from the back of the truck! George was curious. He climbed out the window. Then, like only a monkey can, he swung up to the top of the truck.

¡Venía de la parte trasera del volquete! Jorge sintió curiosidad. Salió por la ventanilla. Como un verdadero mono, se balanceó hasta la parte más alta del volquete.

Now he could take a look. He saw the truck was filled with dirt.

Ahora podía ver. Vio que el camión estaba lleno de tierra.

George was excited.
What could be better than a truck full of dirt?

Jorge estaba muy entusiasmado.
¿Qué podía ser mejor que un camión lleno de tierra?

George jumped right in the middle of it. Sitting on top of the dirt, George felt the truck bed begin to tilt . . .

Jorge saltó exactamente en medio de la tierra. Cuando estaba sentado encima de la tierra, sintió que el volquete se inclinaba...

It tilted higher and higher. The dirt began to slide. It was sliding right into the pond—and George slid with it. George was having fun.

Se inclinaba cada vez más. La tierra empezó a deslizarse. Se deslizaba directamente en el estanque...y Jorge se deslizaba con ella. Jorge se estaba divirtiendo.

But the pile in the pond got bigger

Pero la pila del estanque se hacía más grande

and bigger

y más grande

and BIGGER.

y MÁS GRANDE.

And soon the fun was gone.

Y enseguida se terminó la diversión.

Just then the gardeners came back from lunch and stood with their mouths wide open.

En ese momento, los jardineros regresaban del almuerzo y se quedaron de pie con la boca abierta.

They saw the empty dump truck, the pile of dirt in the pond, and a very muddy monkey.

They knew just what had happened.

But before they could say a word, George heard a familiar sound.

Vieron el volquete vacío, la pila de tierra en el estanque, y a un mono lleno de lodo. Se dieron cuenta de lo que había pasado.

Pero antes de que dijeran algo, Jorge oyó un sonido familiar.

He heard more quacking.
The gardeners heard it, too.
Then they heard people laughing.
"Look!" said a girl. "The ducks have their
own island!"

Oyó más CUAs. Los jardineros también los oyeron. Luego oyeron a gente que se reía.
—¡Miren! —dijo una niña—. ¡Los patos tienen
su propia isla!

Indeed they did. The pile of dirt made an island in the pond—and Mother Duck and all her ducklings were waddling right on top.

Y era cierto. La pila de tierra había formado una isla en el estanque. Y la mamá pata y todos sus patitos caminaban balanceándose en ella.

George was sorry he had made such a mess, but the gardeners didn't seem to mind. "We were planting more trees and flowers to make the park nicer for people," said one of the gardeners. "But you've made the park nicer for ducks, too."

Jorge lamentaba el desastre que había hecho, pero parecía que a los jardineros no les importara.

—Estábamos plantando más árboles y flores para que este parque sea más lindo para la gente —dijo uno de los jardineros—. Pero además tú lo hiciste más lindo para los patos.

Later a small crowd gathered at the pond. "Would you like to help me feed the ducks?" a girl asked George. George was delighted. Soon everyone was enjoying the park more than ever before, including the ducks, who were the happiest of all in their new home.

Más tarde, algunas personas se acercaron al estanque.
—¿Me quieres ayudar a darles de comer a los patos? —le preguntó una niña a Jorge.
A Jorge le encantó la idea.
Enseguida, todo el mundo estaba disfrutando del parque como nunca antes. Entre ellos los patos, que eran los más felices de todos en su nueva casa.

The end.

Fin.

Curious George and the Birthday Surprise

Jorge el curioso
y la sorpresa de cumpleaños

Illustrated in the style of H. A. Rey by Martha Weston
Ilustrado en el estilo de H. A. Rey por Martha Weston

This is George. He was a good little monkey and always very curious.

"Today is a special day," the man with the yellow hat told George at breakfast. "I have a surprise planned and lots to do to get ready. You can help me by staying out of trouble."

George was happy to help.

Este es Jorge. Era un monito bueno y siempre muy curioso.

—Hoy es un día especial —le dijo el señor del sombrero amarillo durante el desayuno—. Tengo una sorpresa planeada y mucho que hacer para prepararla. Tú me puedes ayudar dejando de meterte en problemas.

Jorge estaba contento de poder ayudar.

Later, while George was looking out the window (and being very good),
he heard some tinkly music. It was coming from an ice cream truck! George
watched as a whole line of children and their dogs enjoyed some ice cream treats.
It looked like fun.

Más tarde, mientras Jorge miraba por la ventana (y se portaba muy bien), escuchó
una música con campanitas. ¡Venía de un camión de helados! Jorge miraba que toda
la fila de niños y sus perros disfrutaban de los helados. Se veía divertido.

76

But when the ice cream truck moved on, George forgot all about staying out of trouble and went to find some fun of his own.

Pero cuando el camión de helados se fue, Jorge se olvidó de que no tenía que meterse en problemas y salió a divertirse por cuenta propia.

In the living room George found noise-makers . . .

En la sala, Jorge encontró unas matracas...

and hats . . .

y sombreros...

PARTY HATS

and games!

Could this be part of his friend's surprise?

¡y juegos!

¿Sería parte de la sorpresa de su amigo?

Before George could find out, he spotted some streamers, balloons, and colored tissue. He could not resist . . .

Antes de averiguarlo, vio serpentinas, globos y papel de colores. No pudo aguantar...

79

Decorating was easy for a little monkey!

¡Para un monito era muy fácil decorar!

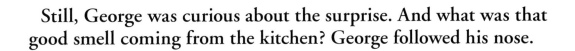

Still, George was curious about the surprise. And what was that good smell coming from the kitchen? George followed his nose.

Pero Jorge todavía sentía curiosidad por la sorpresa. ¿Qué era ese olor delicioso que venía de la cocina? Jorge se dejó llevar por su nariz.

Mmmm. It was a cake! And it looked as good as it smelled. All it needed was frosting. George had seen his friend make frosting before.

¡Mmmm! ¡Era una pastel! Y se veía tan bien como olía. Sólo había que ponerle una capa dulce. Una vez, Jorge había visto a su amigo hacer capas dulces.

But today his friend was busy.
Maybe George could help.
He could frost the cake himself!

Pero hoy su amigo estaba ocupado.
Quizás Jorge podría ayudar.
¡Él podía poner la capa dulce en el pastel!

First George put a bit of this in the mixing bowl.
Next he added a bit of that.
Then he turned the mixer on.

Primero, Jorge puso un poco de esto en el tazón.
Luego le agregó un poco de aquello.
Después prendió la batidora.

The frosting whirled around and around.

La mezcla giraba y giraba.

It was whirling too fast! But when George tried to stop the mixer it only went faster

¡Estaba girando demasiado rápido! Pero cuando Jorge trató de parar la batidora, esta giró más rápido

and faster

y más rápido

and FASTER!

¡y MÁS RÁPIDO!

George lifted the beaters out of the bowl. Frosting flew everywhere!

Jorge sacó la batidora del tazón. La mezcla voló por todas partes.

Poor George. He did not mean to make such a mess. He had only wanted to help. Now how could he clean up the sticky kitchen?

Pobre Jorge. No quiso hacer ese desastre. Sólo había querido ayudar. ¿Ahora cómo iba a limpiar esta cocina toda pegajosa?

Just then George heard the tinkly music again. The ice cream truck was coming back up the street, and George had an idea. Quickly he opened the door . . .

En ese instante, Jorge escuchó de nuevo la música con campanitas. Era el camión de helados que volvía, y a Jorge se le ocurrió una idea. Rápidamente abrió la puerta...

87

and invited all of the dogs in for a treat!

¡e invitó a todos los perros a un festín!

In no time, the kitchen was as clean as a whistle.

En un momento la cocina brilló como un espejo.

When the dogs finished their snack George took them back outside. The ice cream truck was still there. And so was his friend!

Cuando los perros terminaron su merienda, Jorge los llevó afuera. El camión de helados aún estaba allí. ¡Y también estaba su amigo!

"George!" said the man with the yellow hat. "I've been looking for you. It's time for the surprise!"

George had found hats, games, decorations, and a cake.

He was curious.

Was the surprise a party?

—Jorge —le dijo el señor del sombrero amarillo—, te estaba buscando. Es la hora de la sorpresa.

Jorge había encontrado sombreros, juegos, decoraciones y un pastel.

Sintió curiosidad.

¿Sería una fiesta la sorpresa?

Yes! It was a party!
George was happy to see all of his friends.
They were glad to see George, too.
"What great decorations," Bill said.
"What a lot of presents!" said Betsy.

¡Sí! ¡Era una fiesta!
Jorge estaba feliz de ver a todos sus amigos.
Y ellos también estaban felices de ver a Jorge.
—La decoración es genial —dijo Bill.
—¡Cuántos regalos! —exclamó Betsy.

"Why don't you play some games with the guests, George?" the man with the yellow hat suggested. "I have one more thing to do."

—Jorge, ¿por qué no juegas con los invitados? —le sugirió el señor del sombrero amarillo—. Yo tengo algo más que hacer.

93

When George's friend came back he was carrying a cake covered in candles. This wasn't just any party. It was a birthday party! But George was *still* curious. Whose birthday was it? He watched to see who would blow out the candles.

Cuando el amigo de Jorge regresó, traía un pastel lleno de velitas. No era una fiesta cualquiera. ¡Era una fiesta de cumpleaños! Pero Jorge aún sentía curiosidad. ¿De quién era el cumpleaños? Observó para ver quién iba a soplar las velitas.

The man with the yellow hat put the cake down right in front of George. *That* was
a surprise! It was *George's* birthday. The party was for him!
Everyone sang "Happy Birthday."
Then George took a deep breath . . .

El señor del sombrero amarillo puso el pastel frente a Jorge. ¡Esa era la sorpresa! Era el
cumpleaños de Jorge. ¡La fiesta era para él!
Todos le cantaron el Cumpleaños feliz.
Después, Jorge tomó aire...

and made a wish.

y pidió un deseo.

"Happy birthday, George!"

"¡Feliz cumpleaños, Jorge!"

Curious George Goes Camping

Jorge el curioso va de campamento

Illustrated in the style of H. A. Rey by Vipah Interactive
Ilustrado en el estilo de H. A. Rey por Vipah Interactive

This is George.
He was a good little monkey and always very curious.
This weekend George and his friend the man with the yellow hat had special plans.
They were going camping!

Este es Jorge.
Era un monito bueno y siempre muy curioso.
Esta semana, Jorge y su amigo, el señor del sombrero amarillo, tenían planes especiales.
¡Iban a ir de campamento!

At the campsite the man with the yellow hat unpacked their gear while George looked at all the tents. He saw tents for big families and one just the right size for a puppy.

Al llegar al lugar del campamento, el señor del sombrero amarillo desempacó su equipo mientras Jorge observaba todas las tiendas. Vio tiendas para familias enteras y una del tamaño perfecto para un perrito.

There were even tents on wheels!
"Would you like to help me put up our tent, George?" the man asked.

¡También había tiendas sobre ruedas!
—Jorge, ¿quieres ayudarme a armar la tienda? —preguntó el señor.

George was happy to help. It would not be hard to set up a tent, he thought.

Jorge estaba contento de ayudar. No sería difícil armar una tienda, pensó.

But it wasn't easy!

¡Pero no era fácil!

"George, why don't you fill our bucket with water at the pump?" his friend suggested. "We'll need it by our campfire later, when we roast marshmallows."

—Jorge, ¿por qué no llenas el cubo en la bomba del agua? —le sugirió su amigo—. Más tarde vamos a necesitarlo cerca de la fogata, cuando asemos los malvaviscos.

Mmm, marshmallows.
George loved marshmallows. He
couldn't wait to try them roasted!

Mmmm...malvaviscos.
A Jorge le encantaban los malvaviscos.
¡No veía la hora de probarlos asados!

"Now don't wander off and get into
trouble," the man warned. But George did
not hear him. He was already gone.

—No te alejes ni te metas en problemas
—le advirtió el señor.
Pero Jorge no lo escuchó. Ya se había ido.

At the pump George worked the handle up and down. Soon his bucket was full. On the way back down the trail, he saw a family packing up.

George watched a girl pour her bucket of water on a campfire.

The fire sizzled out.

George thought that looked like fun!

En la bomba Jorge movió la manija hacia arriba y hacia abajo. El cubo se llenó enseguida. Cuando regresaba por el sendero vio a una familia empacando sus cosas.

Jorge vio a una niña que vaciaba su cubo de agua en la fogata.

El fuego siseó y se apagó.

¡Jorge pensó que eso era divertido!

He poured his bucket of
water on the next campfire.

Él vació su cubo de agua en
la fogata de al lado.

"Hey," yelled a camper. "We weren't finished with that yet!" The camper began to chase
George. But George didn't mean to cause trouble. Now he only wanted to hide. He ran
into the forest as fast as he could, but the camper's footsteps followed close behind. George
ran faster and faster. The footsteps came closer and closer until, suddenly, they were passing
George.

—¡Oye! —gritó un excursionista—. ¡Aún estamos usando eso!
El excursionista empezó a perseguir a Jorge. Jorge no había querido causar problemas. Pero
ahora sólo quería esconderse. Corrió hacia el bosque lo más rápido que pudo, pero los pasos
del excursionista lo seguían muy de cerca. Jorge corría más y más velozmente, pero los pasos
se acercaban cada vez más, hasta que, de repente, pasaron a Jorge.

Why, it was not the camper chasing George now. It was a deer! What fun to run with a deer! Forgetting all about the camper and the marshmallows, George ran after the deer. But a little monkey cannot run as fast as a deer in the woods.

Vaya, no era el excursionista quien lo perseguía ahora. ¡Era un ciervo! ¡Era divertido correr con un ciervo! Jorge se olvidó del excursionista y de los malvaviscos, y se fue corriendo detrás del ciervo. Pero un monito no puede correr por el bosque tan rápido como un ciervo.

Before long George was lost and all alone. He felt tired and stopped to rest. At first he was worried—he was very far from camp. But there were lots of other animals to keep him company.

Poco después, Jorge estaba perdido y solo. Estaba cansado y se detuvo a descansar. Al principio se preocupó porque estaba muy lejos del campamento. Pero ahí había muchos animales para hacerle compañía.

He saw a lizard sunning on a rock and a squirrel chattering in a tree. Then he saw the tail of a black and white kitty peeking out from under a bush.

Vio a una lagartija tomando sol en una roca y a una ardilla hablando desde un árbol. Después vio la cola de un gatito blanco y negro que asomaba por debajo de un arbusto.

He was curious. Would the kitty like to play? George gently pulled the kitty out . . .

Jorge sintió curiosidad. ¿Querría el gatito jugar con él? Suavemente, Jorge jaló para sacar al gatito...

But it was NOT a kitty!
It was a skunk—and it was scared.
The skunk lifted its tail and sprayed.
WHEW! The spray smelled awful. The
animals tried to get away. George wanted
to get away, too. But he could not—the smell
was all over him!

¡Pero NO era un gatito!
Era un zorrino, y estaba asustado. El zorrino levantó
la cola y lo roció con su almizcle.
¡Oh! Olía espantoso. Los animales trataban de escapar.
Jorge también quiso escapar. Pero no pudo...¡todo él olía!

How would he ever get rid of this
awful smell? he wondered.
Too bad he could not take a bath in the woods . . .

¿Cómo podría quitarse ese olor espantoso?,
se preguntó.
Qué lástima que no podía bañarse en el bosque.

111

Then George had an idea. He could wash the smell off in the creek! George jumped into the cold water.

Entonces, a Jorge se le ocurrió una idea. ¡Podía lavarse y quitarse el olor en el arroyo! Jorge se zambulló en el agua fría.

He splashed and scrubbed.
But he was still smelly. And now he was wet, too.

Chapoteó y se refregó. Pero todavía olía mal. Y además estaba mojado.

But what could he do? George thought and thought. If he climbed up a tree to dry off, would the smell blow away?

¿Qué podía hacer? Jorge pensó y pensó. Si trepaba a lo alto de un árbol, ¿se iría el olor?

No. Even dry and high up in the tree, George did not smell better. Poor George. He wished he hadn't wandered so far from camp. He wished he were roasting marshmallows with his friend. Suddenly George heard footsteps heading toward him. Someone was coming!

No. Aun seco y en lo alto del árbol, Jorge no olía bien. Pobre Jorge. Deseaba no haberse alejado tanto del campamento. Deseaba estar asando malvaviscos con su amigo. De repente, Jorge oyó pasos que se acercaban. ¡Alguien venía!

It was the forest
animals! But they ran
right by him. They had seen
something scary. And George
saw it, too. It was a fire!
   George had gotten into trouble for putting out
one fire, but this fire wasn't in the campground . . .

¡Eran los animales del bosque! Pero pasaron de largo.
Habían visto algo que los asustó. Jorge también lo vio. ¡Era fuego!
   Jorge se había metido en problemas por apagar un fuego,
pero este fuego no estaba en el campamento...

This was an emergency!
Quickly, George climbed down the tree and grabbed his bucket. He scooped it full of water in the creek.

¡Era una emergencia!
Rápidamente, Jorge bajó del árbol y agarró su cubo. Lo llenó de agua en el arroyo.

Then—being careful not to spill—he climbed back up and swung from branch to branch through the trees.

Después, con mucho cuidado de no derramar nada, volvió a trepar y se balanceó de rama en rama por los árboles.

When George got close enough to the fire, he reached down and poured the water on the flames. Out went the fire with a big hiss!

Just then George's friend rushed out of the forest with a ranger.

Cuando estuvo suficientemente cerca del fuego, se estiró y lanzó el agua sobre las llamas. ¡El fuego se apagó con un fuerte siseo!

En ese momento, el amigo de Jorge salía corriendo del bosque junto a un guardabosque.

"George," he called, "I was afraid you would be here."

"It's a good thing you *were* here, George," the ranger said. "We saw smoke from the campground, but you put this fire out just in time."

George was glad to help. And the man with the yellow hat was glad to see that George was safe. But he had a funny look on his face.

"George," he asked, "what is that smell?"

—¡Jorge! —gritó—, me temía que estuvieras aquí.

—Menos mal que estabas aquí, Jorge —aclaró el guardabosque—. Vimos el humo desde el campamento, pero tú lo apagaste justo a tiempo.

A Jorge le encantó haber ayudado. Y el señor del sombrero amarillo estaba contento de ver a Jorge a salvo. Aunque hizo un gesto raro con la cara.

—Jorge —le preguntó—, ¿qué es ese olor?

Back at the campsite, George's friend helped him get rid of the awful smell. After a strange bath in tomato juice, George smelled fine.

De regreso en el campamento, los amigos de Jorge lo ayudaron a quitarse ese olor espantoso. Después de un extraño baño en jugo de tomate, Jorge olía bien.

Then the man with the yellow hat invited the ranger to cook dinner with them over their own small campfire.

"Fires can be nice, if you're careful," said the ranger.

Luego, el señor del sombrero amarillo invitó al guardabosque a cocinar la cena con ellos en la pequeña fogata.

—El fuego puede ser lindo, siempre que tengan cuidado —dijo el guardabosque.

George agreed.

Jorge estaba de acuerdo.

Especially for roasting marshmallows.

Especialmente para asar malvaviscos.

120

Curious George Goes to a Costume Party

Jorge el curioso va a una fiesta de disfraces

Illustrated in the style of H. A. Rey by Martha Weston

Ilustrado en el estilo de H. A. Rey por Martha Weston

This is George.
He was a good little monkey and always very curious.
One day George and his friend the man with the yellow hat were on their way to a party at Mrs. Gray's house.

Este es Jorge.
Era un monito bueno y siempre muy curioso.
Un día, Jorge y su amigo, el señor del sombrero amarillo, iban camino a una fiesta en la casa de la señora Gray.

123

George could not wait. He liked parties, and he was looking forward to seeing Mrs. Gray. But when the door opened George did not see Mrs. Gray at all—he saw a witch!

Jorge estaba muy ansioso. Le encantaban las fiestas y tenía muchas ganas de ver a la señora Gray. Pero cuando la puerta se abrió, Jorge no vio a la señora Gray...¡vio a una bruja!

124

"Don't be afraid, George," said the man with the yellow hat. "This witch is our friend."

The witch took off her mask. It was Mrs. Gray after all! "Oh dear," she said. "Did I forget to tell you this was a costume party?"

—No tengas miedo, Jorge —dijo el señor del sombrero amarillo—. Esta bruja es nuestra amiga.

La bruja se sacó la máscara. ¡Era la señora Gray!

—Oh, cariño —dijo—. ¿No te avisé que era una fiesta de disfraces?

George had never been to a costume party before. Inside he saw more people that he knew. They were all wearing costumes. There was his friend Betsy dressed up like an astronaut. And was that Bill? Why, he looked just like a mummy!

Jorge nunca había estado en una fiesta de disfraces. Adentro vio más gente conocida. Todos tenían disfraces. Su amiga Betsy estaba vestida de astronauta. ¿Y ése era Bill? ¡Caramba, parecía una momia!

George wanted to wear a costume, too.
"I have some dress-up clothes upstairs,"
said Mrs. Gray. "Would you like to use
them to make a costume, George?"

Jorge también quería ponerse un disfraz.
—Arriba tengo algunos disfraces —le dijo la
señora Gray—. ¿Quieres elegir uno para
disfrazarte, Jorge?

Mrs. Gray took George to a room
with a big trunk filled with clothes.
"Borrow anything you like, George,"
she said. "I have just the thing for
your friend downstairs."

La señora Gray llevó a Jorge a una
habitación donde había un baúl
grande lleno de disfraces.
—Toma prestado el que te guste,
Jorge —le dijo—. Abajo tengo algo
justo para tu amigo.

George tried on lots of costumes.

Jorge se probó muchos disfraces.

The first was too big.

El primero era demasiado grande.

The next was too small.

El siguiente era demasiado pequeño.

Another was too silly.

Otro era demasiado ridículo.

And this one was too scary!

¡Y éste daba demasiado miedo!

At last George found a costume that was just right. George was a rodeo cowboy!
He wore a vest and pants with fringe. He even had a lasso and a hat!

Finalmente, Jorge encontró el disfraz perfecto. ¡Jorge era un vaquero de rodeo!
Se puso un chaleco y pantalones con flecos. ¡Hasta tenía un lazo y un sombrero!

If only he could see himself in the mirror.

George was curious. Could he see himself if he stood on the bed?

No. He needed to jump higher.

Si tan sólo pudiera verse en el espejo.

Jorge sintió curiosidad. ¿Podría verse si se parara en la cama?

No. Tenía que brincar bien alto.

George bounced on the bed—just a little —but still he couldn't see.

Jorge brincó en la cama, sólo un poco, pero todavía no podía verse.

He bounced a little more, and a little more.

Brincó un poco más, y un poco más.

Soon George was having so much fun, he forgot all about looking in the mirror. He bounced as high as he could until—

Enseguida, Jorge se estaba divirtiendo tanto que se olvidó de verse en el espejo. Brincó lo más alto que pudo hasta que...

CRASH!—George bounced off the bed. He smashed into the night table and got tangled up in the tablecloth. Suddenly everything went dark.

¡CATAPLUM! Jorge rebotó en la cama. Se estrelló contra la mesa de noche y quedó enredado en la cubierta.

De repente, todo se oscureció.

George heard the people downstairs gasp, "What was that?"
"Was that a ghost?"

Jorge escuchó que la gente de abajo exclamaba:
—¿Qué fue eso?
—¿Fue un fantasma?

A ghost?! George did not want to meet up with a ghost alone. He dashed out of the room and down the hall. He wanted to get back to his friend in a hurry and he knew the fastest way.

¡¡Un fantasma!? Jorge no quería verse a solas con un fantasma. Salió de la habitación, corriendo por el pasillo. Quería regresar velozmente donde su amigo y sabía cuál era la forma más rápida.

He hopped onto the stair rail and
sailed—WHOOSH!—down the stairs.

Se trepó al pasamanos de la escalera y se
deslizó...¡ZASSS!...hacia abajo.

136

"It *is* a ghost!" someone screamed. Everyone turned. They looked scared, and they were looking at George. The ghost must be right behind him!

—¡*Es* un fantasma! —gritó alguien.
Todos se voltearon a mirar. Estaban asustados y miraban a Jorge. El fantasma debía estar ¡detrás de él!

George flew off the rail and landed—PLOP!—in the arms of a farmer. But this wasn't really a farmer. It was his friend, the man with the yellow hat!
Soon everyone stopped looking scared and started to laugh.

Jorge salió despedido del pasamanos y cayó...¡PLAF!...en los brazos de un granjero. Pero no era un granjero de verdad. Era su amigo, ¡el señor del sombrero amarillo! Enseguida, todos dejaron de mirar asustados y empezaron a reír.

"That's not a ghost. That's a cowboy!" laughed a policeman.
"That's not a cowboy. That's a monkey!" giggled a princess.
"That's not just any monkey," said Betsy. "It's Curious George!"
Everyone clapped and cheered. They liked George's Halloween trick.

—¡Ese no es un fantasma! ¡Es un vaquero! —dijo riendo un policía.
—¡Ese no es un vaquero! ¡Es un mono! —dijo entre risitas una princesa.
—¡Ese no es cualquier mono! —dijo Betsy—. ¡Es Jorge el curioso!
Todos aplaudieron y celebraron. A todo el mundo le gustó la broma de Jorge en la
Noche de Brujas.

"You gave us a good scare, George," said Mrs. Gray. "And I'm glad to see you found some interesting costumes. Now why don't I take your ghost outfit so you can join the party?"

—Jorge, nos asustaste de verdad —dijo la señora Gray—. Y me alegra ver que encontraste disfraces interesantes. Déjame sacarte el disfraz de fantasma para que disfrutes de la fiesta.

After the guests bobbed for apples, lit jack-o'-lanterns, and played some party games, prizes for the best costumes were handed out.

Después de que los invitados habían metido la cabeza en el agua para morder manzanas, encendieron calabazas, jugaron a varios juegos y se repartieron los premios a los mejores disfraces.

There was one prize for Betsy, and one for Bill,
and *two* for Curious George.

Le dieron un premio a Betsy, uno a Bill, y *dos* a
Jorge el curioso.

"You were the best ghost *and* the best cowboy,
George," said Mrs. Gray.

—Jorge, fuiste el mejor fantasma *y* el mejor
vaquero —le dijo la señora Gray.

Everyone had a good time at the party, especially George.
Too soon it was time to say goodbye.

Todo el mundo la pasó estupendamente en la fiesta, especialmente Jorge.
Y ya era hora de despedirse.

"Good night, George."
Happy Halloween!

—Buenas noches, Jorge.
¡Feliz Noche de Brujas!

Curious George
Visits the Library

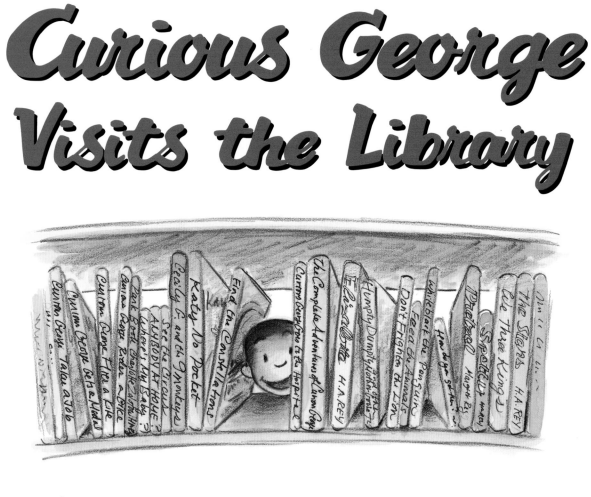

Jorge el curioso
va la biblioteca

Illustrated in the style of H. A. Rey by Martha Weston

Ilustrado en el estilo de H. A. Rey por Martha Weston

This is George.
He was a good little monkey and always very curious.
Today George and his friend the man with the yellow hat were at the library.

Este es Jorge.
Era un monito bueno y siempre muy curioso.
Hoy, Jorge y su amigo, el señor del sombrero amarillo, estuvieron en la biblioteca.

147

George had never been to the library before. He had never seen so many books before, either. Everywhere he looked, people were reading.

Some people read quietly to themselves.

Jorge nunca había estado en una biblioteca. Tampoco había visto antes tantos libros. Veía gente leyendo por todos lados.

Algunas personas leían en silencio.

But in the children's room the librarian was reading out loud.

Pero en la sala para niños la bibliotecaria estaba leyendo en voz alta.

149

It was story hour!
George loved stories. He sat down with a group of children to listen.
The librarian was reading a book about a bunny.
George liked bunnies.

¡Era la hora de cuentos!
A Jorge le encantaban los cuentos. Se sentó con un grupo de niños a escuchar.
La bibliotecaria estaba leyendo un libro sobre un conejito.
A Jorge le gustaban los conejitos.

Behind the librarian was a book about a dinosaur. George liked dinosaurs even more. He hoped she would read it next.

Detrás de la bibliotecaria había un libro sobre un dinosaurio. A Jorge le gustaban los dinosaurios aún más. Deseaba que ella leyera ese libro después.

But next the librarian read a book about a train.

Pero después la bibliotecaria leyó un libro sobre un tren.

George tried to sit quietly and wait for the dinosaur book to be read.

Jorge trató de quedarse sentado sin hacer ruido y esperar a que leyera el libro del dinosaurio.

But sometimes it is hard for a little monkey to be patient.

Pero a veces es difícil que un monito tenga paciencia.

When the librarian started a story about jungle animals, George could not wait any longer. He had to see the dinosaur book.

He tiptoed closer.

"Look, a monkey!" shouted a girl.

The librarian put her finger to her lips. "We must be quiet so everyone can hear," she said nicely.

"But there's a monkey!" said a boy.

The librarian nodded and smiled. "Mmm-hmm," she agreed.

Cuando la bibliotecaria empezó un cuento sobre animales de la selva, Jorge no aguantó más. Tenía que ver el libro del dinosaurio.

Se acercó de puntillas.

—¡Miren! ¡Un mono! –gritó una niña.

La bibliotecaria se acercó el dedo a los labios.

—Debemos quedarnos callados para que todos puedan escuchar —dijo amablemente.

—¡Pero hay un mono! —dijo un niño.

La bibliotecaria asintió con la cabeza y sonrió.

—¿Ah, sí? —dijo, haciendo que le creía.

When she finished reading the jungle story, the
librarian reached for the dinosaur book.
Where did it go?
And where was George?

Cuando terminó de leer el cuento de la selva, la
bibliotecaria buscó el libro del dinosaurio.
¿Dónde estaba?
¿Y dónde estaba Jorge?

George was all ready to take the dinosaur book home and read it with his friend when another book caught his eye . . .

Jorge ya estaba listo para llevarse el libro del dinosaurio a su casa para leerlo con su amigo, cuando descubrió otro libro...

DINOSAURS

This book was about trucks.
George wanted to take it home, too!
And here was a book about elephants.
George loved elephants. He added it to his pile.

Este libro era sobre camiones. ¡Jorge también se lo
quería llevar! Y ahí había un libro sobre elefantes. A Jorge le
fascinaban los elefantes. Así que lo agregó a su pila de libros.

George found so many good books, he soon had more than he could carry. He leaned against a shelf to rest.

Squeak, went the shelf.

"Shhh!" said a man.

Squeak, went the shelf again—and it moved! Why, it wasn't really a shelf after all. George had found a special cart for carrying books.

Jorge encontró tantos libros buenos que en poco tiempo tenía más de los que podía cargar. Se apoyó sobre un estante a descansar.

El estante hizo ruido...*Criii.*

¡Shhh! —chistó un hombre.

Criii...volvió a hacer el estante...¡y se movió! Oh, en realidad no era un estante. Jorge había encontrado un carrito especial para llevar libros.

What luck! Now George could carry all the books he wanted.
He rolled the cart between the shelves and stacked up books about boats and kites and baking cakes. He climbed higher to reach books about cranes and planes.

¡Qué suerte! Ahora Jorge podía llevarse todos los libros que quisiera. Arrastró el carrito entre los estantes y apiló libros sobre botes, cometas y pasteles. Trepó bien alto para alcanzar libros sobre grúas y aviones.

At last George had all the books he could handle. He couldn't wait to head home and start reading. And right in front of him was a ramp leading to the door. George was curious. Could he roll the cart all the way home?

Finalmente, Jorge tenía tantos libros como le fue posible. No veía la hora de llegar a casa y empezar a leer. Y justo frente a él había una rampa que iba hacia la puerta. Jorge sintió curiosidad. ¿Podría hacer rodar el carrito hasta su casa?

Down the ramp George went. The cart rolled faster and faster.
"Stop!" a library volunteer shouted. "Come back here with my cart!"
But George was too excited to listen. The cart was picking up speed, and
George was having fun!

Y rampa abajo se fue Jorge. El carrito rodaba cada vez más rápido.

—¡Alto! —gritó un bibliotecario voluntario—. ¡Devuélveme el carrito!

Pero Jorge estaba muy entusiasmado como para escuchar. El carrito tomaba más velocidad, ¡y Jorge se estaba divirtiendo!

Until—CRASH!—George and the cart ran smack into a shelf of encyclopedias.

Books flew up in the air.

And so did George! He landed in a big pile right between O and P.

Hasta que...¡CATAPLUM! Jorge y el carrito chocaron contra un estante de enciclopedias.

Los libros volaron por el aire.

¡Y Jorge también! Cayó en una gran pila justo entre la O y la P.

"Oh no!" moaned the volunteer when he saw the mess George had made. "How am I going to put away all of these books?"

—¡Oh, no! —se quejó el voluntario al ver el desastre que Jorge había creado—. ¿Cómo voy a ordenar todos estos libros?

"I'd like to borrow this one," said a boy from story hour.
"And I'll take this one," said a girl.

—Me gustaría sacar este —dijo un niño que venía de la hora de cuentos.
—Y yo voy a sacar este —dijo una niña.

With help from George and the children, the books were sorted in no time.
Soon there was just a small pile of George's favorites left.

Con la ayuda de Jorge y los niños, los libros quedaron ordenados enseguida.
Sólo quedó una pequeña pila con los favoritos de Jorge.

"Would you like to take those books home with you?" the volunteer asked George.
Then he took George to a special desk and helped him get his very own library card.

—¿Te gustaría llevarte estos libros? —le preguntó el voluntario a Jorge.
Llevó a Jorge a un mostrador especial y lo ayudó a obtener su tarjeta de biblioteca.

George was holding his brand-new card when his friend arrived with a stack of books of his own. "There you are, George!" he said. "I see you are all ready to check out."

George and his friend gave their books to the librarian.

She smiled when she saw George's pile. "I was wondering where this dinosaur book went," she said. "It's one of my favorites, too."

The librarian stamped the books and handed them back to George.

Jorge sostenía en la mano su tarjeta nueva cuando llegó su amigo con una pila de libros.

—¡Jorge, aquí estás! —dijo—. Veo que estás listo para sacar los libros.

Jorge y su amigo le dieron los libros a la bibliotecaria.

Ella sonrió al ver la pila de Jorge.

—Me preguntaba adónde había ido a parar este libro del dinosaurio —le dijo—. También es uno de mis favoritos.

La bibliotecaria puso un sello en los libros y se los entregó a Jorge.

With his books under one arm,
George waved goodbye to the volunteer,
the librarian, and the children from
story hour.

Llevando los libros bajo el brazo, Jorge
saludó al voluntario, a la bibliotecaria y
a los niños de la hora de cuentos.

"Come see us again, George," the librarian said, waving back. "Enjoy your books!"

—Jorge, regresa a visitarnos —dijo la bibliotecaria, saludándolo—. ¡Y disfruta los libros!

And he did.

Y así lo hizo.

The end.

Fin.

Curious George
in the Big City

Jorge el curioso
en la gran ciudad

Illustrated in the style of H. A. Rey by Martha Weston

Ilustrado en el estilo de H. A. Rey por Martha Weston

This is George.

He lived with his friend the man with the yellow hat. He was a good little monkey and always very curious.

Today George was in the big city.

"Let's stop here, George," his friend suggested. "I would like to get you a holiday surprise before we see the sights."

Este es Jorge.

Vivía con su amigo, el señor del sombrero amarillo. Era un monito bueno y siempre muy curioso.

Hoy, Jorge estuvo en la gran ciudad.

—Detengámonos aquí, Jorge —sugirió su amigo—. Quisiera darte una sorpresa por las fiestas antes de visitar los lugares interesantes de la ciudad.

George loved surprises. He wanted to get a surprise for the man with the yellow hat, too. Why, here was a whole pile of surprises—all ready to go! Would one of these be right for his friend?

George was curious.

A Jorge le encantaban las sorpresas. Él también quería darle una sorpresa al señor del sombrero amarillo. Ajá, allí había una pila de sorpresas, ¡listas para llevar! ¿Sería alguna ideal para su amigo?

Jorge sintió curiosidad.

He opened a box and peeked inside. The box was empty. (That was not a good surprise!) George opened another box, and another. They were all empty!

Abrió una caja y le dio una miradita dentro. La caja estaba vacía. ¡Ésa no era una gran sorpresa! Jorge abrió otra caja, y otra más. ¡Todas estaban vacías!

Suddenly the store clerk came running. "Stop! Please!" he cried. "You are ruining my display!"

De repente, el encargado de la tienda llegó corriendo.
—¡Detente, por favor! —gritó—. ¡Estás arruinando mi exhibición!

173

But George did not want to stop. He wanted to go. He wanted to get away—fast! Quickly, he climbed on the escalator. George went up. The clerk went up, too.

Pero Jorge no quiso detenerse. Quería seguir. Quería escaparse...¡a toda velocidad! Subió rápidamente a la escalera mecánica. Jorge subía. El encargado también subía.

What George wanted now was to find his friend. What luck! George spotted a yellow hat on the escalator going down. Could that be his friend?

Lo que Jorge quería hacer ahora era encontrar a su amigo. ¡Qué suerte! Jorge vio un sombrero amarillo que bajaba por la otra escalera mecánica. ¿Sería su amigo?

George wanted to find out. Soon he was going down, too.

Jorge quiso averiguarlo. Y en segundos, él también estaba bajando.

George followed the yellow hat out of the store and around the corner.
He chased it down some stairs. Where could his friend be going? Was this George's surprise?

Jorge siguió el sombrero amarillo fuera de la tienda y doblando la esquina.
Lo siguió bajando por una escalera. ¿Adónde estaba yendo su amigo? ¿Era ésta la sorpresa para Jorge?

BIG CITY BANK

HOTEL

PHARMACY

BOOK STORE

TAXI VAN

No, this was the subway!

George got on the train just in time. He thought maybe his friend was playing a game with him. But where was the man now? George looked around. The train was very crowded. Could that be him on the other end of the subway car? It might be hard to get there . . .

¡No! ¡Era el metro!

Jorge se subió al tren justo a tiempo. Pensó que a lo mejor su amigo estaba jugando. ¿Pero dónde se había metido el señor? Jorge miró a su alrededor. El tren estaba lleno de gente. ¿Sería aquél que estaba en la otra punta del vagón? Iba a ser difícil llegar hasta allí...

but not too hard for a little monkey!
  Suddenly the train stopped—and when the doors opened, the yellow hat disappeared.
George followed as quickly as he could, but he was too late.

  ...¡pero no tan difícil para un monito!
  De repente, el tren se detuvo. Y cuando se abrieron las puertas, el sombrero amarillo
desapareció. Jorge lo siguió lo más rápido posible, pero era demasiado tarde.

This was not a surprise after all. This was a mistake.
The yellow hat was nowhere to be seen. Poor George.
He was all alone in the big city. How would he ever find
his friend now?

Eso no había sido ninguna sorpresa. Había sido
una equivocación. El sombrero amarillo no se veía
por ninguna parte. Pobre Jorge. Estaba solo en
la gran ciudad. ¿Y ahora cómo iba a encontrar a
su amigo?

Soon George could see nothing but legs. He was surrounded by a crowd of moving people, and he had to keep moving himself so that he would not get stepped on.

Then George heard a woman's voice coming from the head of the crowd. "Going up," she said.

En un instante, Jorge solo podía ver piernas. Estaba rodeado de una multitud de gente que se movía, y él tenía que moverse para que no lo pisaran.

En aquel momento Jorge oyó la voz de una mujer que estaba al frente de la multitud. —Arriba —dijo.

Up! That was just what George needed. He needed to be high up, like in a tree or on the escalator. Then he could get a good look around. George joined the crowd as they got into an elevator and went up.

¡Arriba! Eso era lo que Jorge necesitaba: estar bien arriba, como en un árbol o en la escalera mecánica. Así podría mirar bien alrededor. Jorge entró con la multitud al ascensor, y subió.

Here was a good lookout! From up here George could see a bridge, lots of tall buildings, and a little green lady standing in the water. But he did not see his friend.

"It's time to go," called the woman from the elevator. "We have lots more to see." The crowd followed the woman. They wanted to see more. George wanted to see more, too.

¡Desde ahí había una buena vista! ¡Podía ver un puente, muchos edificios altos y una pequeña dama verde parada en el agua. Pero no veía a su amigo.

—Es hora de seguir —dijo la mujer desde el ascensor—. Tenemos mucho más para ver.

La multitud siguió a la mujer. Querían ver más cosas. Jorge también quería ver más cosas.

Soon George was on a big bus driving through the city.

Enseguida, Jorge estaba en un gran autobús recorriendo la ciudad.

There *was* lots more to see!

¡Había mucho más para ver!

But no matter where George looked,

Pero fuere donde fuere que Jorge mirara,

he did not see the man with the yellow hat.

no veía al señor del sombrero amarillo.

Back on the bus, George looked and looked. Finally, he saw something familiar. George was excited. He rushed inside. He was sure to find his friend here! Instead, he ran right into the clerk.

"You're just the one I've been looking for to help me fix this mess," he said.

George felt bad. He had not meant to make such a mess.

De nuevo en el autobús, Jorge miró y miró. Por fin vio algo conocido. Jorge estaba muy agitado. Entró corriendo. ¡Estaba seguro de que allí encontraría a su amigo! Pero en cambio, se encontró con el encargado.

—A ti te estaba buscando para que me ayudes a arreglar este desastre —dijo.

Jorge sintió pena. No había querido causar ese desastre.

Could he help rewrap the boxes? George took some ribbon in one hand, some paper in another, and some tape in a third.

¿Podría ayudar a envolver las cajas de nuevo? Jorge agarró cinta con una mano, papel con la otra, y cinta adhesiva con la pata.

Then, like only a monkey can, George wrapped those boxes. Soon, a crowd gathered to watch. Everyone wanted George to wrap their boxes, too.

Después, únicamente como un mono puede hacerlo, Jorge envolvió las cajas. Inmediatamente, la gente se acercó a observar. Todos querían que Jorge también envolviera sus cajas.

Just as George tied his twenty-fifth quadruple bow, he spotted his friend. At last! George was happy. But when he saw that the man was carrying a present, George became sad. He had forgotten all about finding a surprise for his friend. Then he had an idea . . .

Cuando Jorge terminaba de hacer su lazo cuádruple número veinticinco, vio a su amigo. ¡Por fin! Jorge se puso contento. Pero cuando vio que el señor traía un regalo se puso triste. Se había olvidado de buscar una sorpresa para su amigo. Entonces se le ocurrió una idea...

189

"George!" exclaimed the man with the yellow hat. "What a good surprise!" His friend was very glad to see him. "I've been looking all over the store for you," he said. "And now I have a surprise for you, too."

—¡Jorge! —exclamó el señor del sombrero amarillo—. ¡Qué linda sorpresa! —su amigo se puso contento al verlo—. ¡Te estuve buscando por toda la tienda! —dijo—. Y ahora también tengo una sorpresa para ti.

George opened his surprise and put it on. It fit perfectly.
"Now we're ready to see the sights," the man said.

Jorge abrió la sorpresa y se la puso. Le quedaba perfecta.
—Ya estamos listos para ir a visitar los lugares interesantes de la ciudad —dijo el señor.

George held tightly to his friend's hand and everyone waved goodbye.
"Let's be careful not to get separated again," the man with the yellow hat said as they left the store.

Jorge tomó fuertemente la mano de su amigo y todos lo despidieron.
—Vamos a tratar de no separarnos de nuevo —le dijo el señor del sombrero amarillo al salir de la tienda.

"The best part of the holidays is spending time together."
George agreed.

Y Jorge estuvo de acuerdo, diciendo:
—La mejor parte de las fiestas es pasar tiempo juntos.

The end.

Fin.